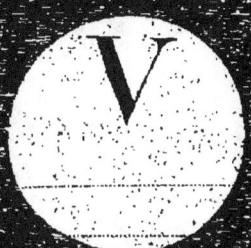

PUBLICATIONS DE LA RÉUNION DES OFFICIERS

MÉLANGES MILITAIRES
(2ᵉ série)
XXXVII-XXXVIII

OBSERVATIONS COMPARÉES

SUR LES ARMÉES

FRANÇAISE ET PRUSSIENNE

PAR

C. GODART
CAPITAINE ADJUDANT-MAJOR AU 110ᵉ DE LIGNE

PARIS

CH. TANERA, ÉDITEUR
LIBRAIRE POUR L'ART MILITAIRE ET LES SCIENCES
Rue de Savoie, 6

1873

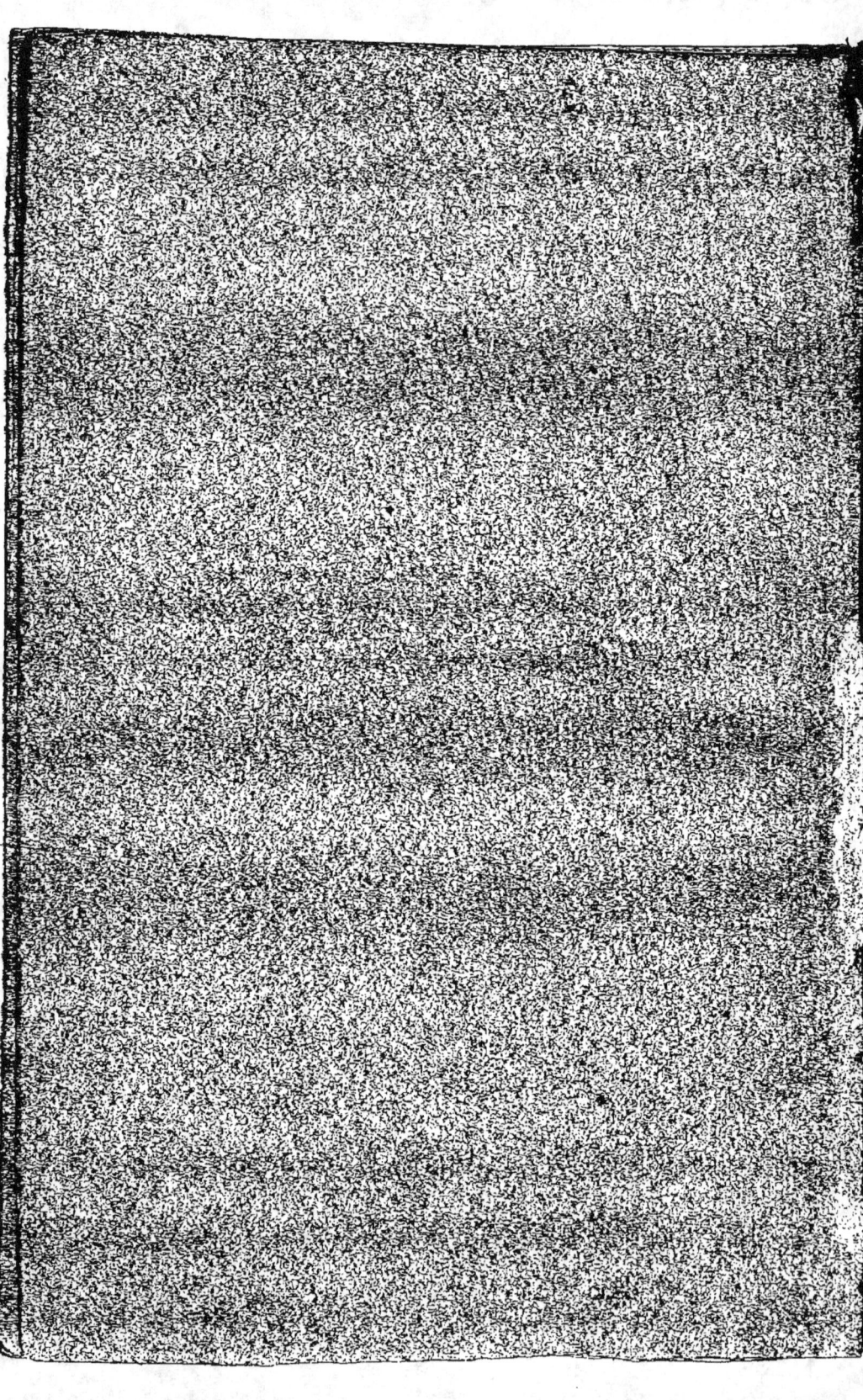

OBSERVATIONS COMPARÉES

SUR LES

ARMÉES FRANÇAISE ET PRUSSIENNE

22698
83

EN VENTE A LA MÊME LIBRAIRIE

MÉLANGES MILITAIRES

PREMIÈRE SÉRIE

CONTENANT

LES PRINCIPAUX ARTICLES PUBLIÉS

DANS LE

BULLETIN DE LA RÉUNION DES OFFICIERS

EN 1871 ET 1872

5 VOLUMES PETIT IN-8° CARTONNÉS

Prix : 25 fr.

Il ne reste qu'un très-petit nombre de collections complètes.

259 — Paris, imp. A. Dutemple, 64, rue Bonaparte.

PUBLICATION DE LA RÉUNION DES OFFICIERS

OBSERVATIONS COMPARÉES

SUR LES ARMÉES

FRANÇAISE ET PRUSSIENNE

PAR

C. GODART

CAPITAINE ADJUDANT-MAJOR AU 110e DE LIGNE

PARIS

CH. TANERA, ÉDITEUR

LIBRAIRIE POUR L'ART MILITAIRE ET LES SCIENCES

Rue de Savoie, 6

1873

OBSERVATIONS COMPARÉES

SUR LES ARMÉES

FRANÇAISE ET PRUSSIENNE

Il peut ressortir de l'expérience des dernières guerres et des manœuvres dont on a pu être témoin dans les départements occupés, que les deux armées allemande et française présentent les contrastes suivants (1) :

CONSIDÉRATIONS GÉNÉRALES. — Le Prussien est déjà soldat avant d'avoir revêtu l'uniforme et senti les premières émotions du combat.

Le Français marque trop souvent une antipathie réelle pour le service.

Depuis 1806, écrivains, journalistes, orateurs, hommes d'État, tous, en Prusse, ont concouru à développer la haine de l'envahisseur. L'État et la nation se sont rendus solidaires de la sauvegarde du sol du pays par la création du service obligatoire. L'État et la nation se sont, en outre, liés par un système d'éducation primaire qui prépare l'enfant à être un soldat de la revanche.

Imbu des idées philantropiques, répandues à plaisir par nos écrivains et notre presse, le Français oublie trop vite le mal que l'étranger fait à sa patrie et s'en console.

Recrutement. — Nous avons constaté que les hommes de

(1) Nous ne donnons ici que les principaux.

l'arme des dragons, des hussards et des uhlans sont d'une taille généralement inférieure à celle des hommes de l'infanterie. Il semble ressortir de cette observation que le recrutement se fait en Prusse avec un grand soin pour l'arme de l'infanterie, qui est appelée à supporter les plus grandes fatigues.

Le système régional établi en Prusse fait que les classes sont versées directement dans les régiments qui sont en garnison dans la région ; d'où économie de temps et de frais de transports.

En France, l'infanterie a pour ainsi dire le rebut des autres armes en matière de recrutement. Malgré toutes les objections déjà présentées, nos classes débouchent des quatre coins du pays pour être versées, celles du midi, dans des dépôts situés dans le nord et *vice versâ*, pour retourner ensuite aux bataillons de guerre qui, souvent, sont dans l'est ou l'ouest ; d'où perte de temps, frais énormes de transports et emploi de cadres pendant quatre, six, huit, dix jours.

M. de Moltke, dans son remarquable exposé sur l'entrée en campagne des deux armées française et allemande, signale d'une façon spéciale ce grand vice d'organisation de nos régiments.

Discipline. — La discipline règne dans tous les rangs en Prusse. Pas de frondeurs. Le militaire n'a qu'un but : se rompre aux péripéties de la guerre avec le Français ; en un mot, il est tenu en haleine et constitue un soldat entraîné.

En France, les hommes ont une tendance à l'indiscipline. Ignorants, pour la plupart, du mécanisme de leur métier, ils deviennent même, par la suite, étrangers aux phases de la guerre ainsi qu'à ses règles, qui sont :

Voir sans être vu.

Tuer sans être tué.

Instruction générale. — Les officiers prussiens sont travailleurs et exécutent strictement les consignes de leur métier, grâce, il est vrai, aux facilités que leur donne la tête de colonne. On sait leur procurer les occasions de mettre en pratique les principes de l'art de la guerre durant l'année et le mois consacré aux manœuvres dites manœuvres d'automne.

Les officiers français sont actuellement ardents et pleins de cette bonne volonté qui dit : « Je veux travailler, je veux être à hauteur de toute éventualité, mais guidez-moi, encouragez-moi et faites qu'il y ait désormais le plus possible de chefs aguerris pour nous conduire au combat, et point d'hommes qui fuient les fatigues physiques et morales de la guerre.

« Donnez-moi les facilités nécessaires pour pratiquer ce que j'apprends d'octobre à août de l'autre année. Que des chefs expérimentés puissent m'indiquer la bonne voie quand je me serai trompé dans l'application de nos diverses règles tactiques. »

Il faut profiter en toute hâte de cet entrain et le concentrer sur les véritables objectifs, si on ne veut retomber bientôt dans le marasme. L'ardeur qui existait il y a un an semble s'être déjà ralentie ; qu'on y prenne garde.

Manœuvres. — Dans l'armée prussienne, un seul livre (1) contient toutes les prescriptions relatives :

1° A l'école du soldat ;
2° Aux mouvements de la compagnie ;
3° Aux mouvements de bataillon ;
4° Aux mouvements de régiment ;
5° Aux mouvements de brigade et de détachement.

Ces prescriptions sont complétées par le règlement de juin 1870, sur le service en campagne.

_____

(1) Ce livre contient 240 pages.

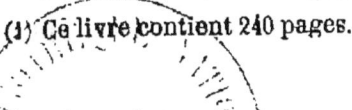

Et ce qu'il y a surtout de remarquable, c'est que ces prescriptions sont toutes en vue de la guerre, c'est-à-dire de l'attaque et de la défense. Point ou peu de mouvements inutiles. Tout, *et toujours tout* au point de vue pratique, de manière que le soldat et l'officier sont mis constamment à même d'étudier et d'appliquer ce qu'ils doivent faire en campagne.

En France, les règlements sont longs et pleins de superfétations. Le mot *guerre* s'y rencontre rarement. Mouvements *bis* et compliqués. En un mot, deux démarcations distinctes :

Manœuvres de paix.

Manœuvres de guerre.

Notre école de régiment en est un exemple.

Sait-on combien il y a de mouvements dans cette théorie d'école de régiment? Soixante et dix différents.

A peine a-t-on effleuré dans deux petites brochures l'instruction sommaire sur les combats et l'instruction sur les tirailleurs, les règles du combat du fantassin.

Enfin, difficultés pour l'officier, manque de direction vers le but principal : *la guerre.*

Services des places. — Le service des places prussien est le même en garnison qu'à la guerre, et encore les Allemands ne lui consacrent que peu de temps ; ils accordent une faible importance au service intérieur.

Ne parlons pas du service intérieur français, dont on abuse littéralement vis-à-vis des officiers subalternes.

Le but véritable du service des places est détourné en factions qui touchent au ridicule.

Exécution de l'instruction. — Le détail dans l'armée prussienne est enseigné pendant l'année et dans les casernes et au dehors. Ainsi, les compagnies et bataillons vont appliquer dans la campagne leur service et apprennent les premiers éléments de l'art militaire : fouiller un bois, savoir se diriger, par des chemins quelconques, sur un point de concentration donné, étude excellente du terrain, que soldats et officiers n'apprécient jamais assez bien ; consécration de cet enseignement par son application sérieuse pendant le mois affecté aux manœuvres dites d'automne.

C'est alors la campagne avec tous ses hasards et ses péripéties.

Le chef y apprend la combinaison des trois armes ; l'officier subalterne à comprendre et à exécuter les vues de son chef. Le soldat s'y accoutume aux fatigues ; il entend le canon et voit l'ennemi à toutes distances.

Chacun touche la guerre, découvre ses ruses et prend confiance en lui-même.

En un mot, cohésion intime entre les éléments d'une armée qui apprend à se connaître à fond sur ce théâtre de la guerre.

En France, l'école de tirailleurs est trop souvent pratiquée et enseignée sur un terrain où l'on peut à peine déployer un bataillon, et encore ce terrain est-il presque toujours dépourvu d'obstacles naturels !

Quelquefois on exécute une grande manœuvre dont le plan est tracé d'avance, et dans laquelle l'ennemi n'est même pas figuré.

Le détail et les manœuvres de régiment se font dans les casernes ou sur des places où tout est contraire à ce que l'on voit en face de l'ennemi.

Quand nous y serons, dit-on, nous ferons comme les autres.

Et pourtant l'expérience est là.

Pourquoi tant tarder à faire mettre à l'étude des changements impérieusement nécessaires dans les divers services de notre organisation militaire, au lieu de nous adonner à l'agitation stérile, qui est le caractère de la plupart des choses que nous prisons!

Tir. — En Prusse, un soin tout particulier et des encouragements sérieux sont donnés au tir. Dans les campagnes, les hommes apprennent déjà cet exercice, et dans les régiments une grande importance y est attachée (1).

En tout cas, les Prussiens ont établi partout de quoi exécuter les tirs prescrits.

En France, beaucoup de régiments ne peuvent tirer qu'à 200 ou 300 mètres dans un grand nombre de garnisons; et encore exécutent-ils souvent ce tir dans des excavations, dans des fossés. Avant la guerre, plusieurs régiments n'avaient même jamais tiré à 500 et 600 mètres; et on veut que les hommes et les officiers soient toujours au courant du tir et aient une grande pratique de l'appréciation des distances! C'est de toute impossibilité sans les moyens matériels, qui sont : un champ de tir à proximité de toutes nos garnisons et la faculté de brûler un plus grand nombre de cartouches.

Les hommes sérieux et intelligents ne manquent pourtant pas. Tous nos régiments abondent en officiers travailleurs et instruits sur cette matière, qu'ils ont étudiée sous toutes les faces; et ces hommes réclament à cor et à cri des réformes et des sacrifices pour que désormais notre armée puisse brûler ses cartouches partout où elle se trouvera en garnison, sans être forcée de faire des étapes.

Cantonnements, bivacs. — En Prusse, on cantonne le plus

---

(1) En France, des sociétés de tir commencent à se fonder. L'État, tout en les surveillant, ne saurait trop les encourager. Les exercices qui développent la force et l'adresse sont des exercices mâles et nobles qui soutiennent le courage et l'âme. C'est ainsi que semble l'avoir compris M. le ministre de l'instruction publique. (*N. de la R.*)

possible et on ne fait bivaquer que les troupes de grand'garde. Par cette habitude, les hommes sont à l'abri des intempéries des saisons, et par suite mieux disposés pour le lendemain.

Les officiers ont néanmoins leurs hommes sous la main par l'effet d'une discipline de fer et par le dressage auquel on les exerce pour le cantonnement et le rassemblement. En outre, les prescriptions relatives à la surveillance sont admirablement conçues et développées dans leur règlement (juin 1870) pour éviter la confusion dans ces sortes de concentrations.

Le soldat prussien a deux nuits *de bonnes* sur trois. Il a donc un avantage matériel sur le nôtre.

En France, l'habitude de la tente-abri, prise en Afrique, est plus nuisible qu'utile en Europe. L'homme perd du temps à l'installer, souvent dans la boue, et se réveille le lendemain tout engourdi. La surveillance, quoique exercée à des distances rapprochées, est lente ; il semble que l'on n'ait pas idée de la guerre véritable.

Le service en campagne, quoique considéré à juste titre comme un chef-d'œuvre, présente certaines lacunes et a surtout le malheur de n'être jamais mis en pratique en temps de paix, malgré les prescriptions formelles de l'article 222.

Nos troupes au bivac n'ont pour ainsi dire pas de repos; elles ne font qu'un avec la grand'garde; par suite, le service devient trop lourd par rapport à l'effectif des troupes : d'où fatigues, ennuis et une espèce de somnolence dans le mode de se garder.

Chacun se garde en se *reposant sur le voisin*, et se fie à la surveillance exercée par la chaîne continue des sentinelles, postées toujours trop près des bivacs.

Enfin, cette tente-abri et ses accessoires surchargent le fantassin et le cavalier. Et si le soldat n'avait pas de tente, l'officier serait bien obligé de s'en passer aussi, ce qui allégerait les bagages.

Transmission des ordres. — En Prusse, les capitaines sont montés et ont même deux chevaux en campagne. Le colonel, outre deux cavaliers d'escorte, a un véritable officier d'ordonnance dans le plus ancien adjudant monté (adjudant-major). En plus, il peut disposer du major ou du lieutenant-colonel, ou, le cas échéant, d'un de ses capitaines.

Chaque commandant se sert de son adjudant-major comme d'un officier d'ordonnance, d'où facilité extraordinaire pour la transmission et l'exécution des ordres ; d'où, encore, surveillance plus rapide, plus commode et moins fatigante. Les rondes peuvent être plus fréquentes, parce qu'un temps de trot vous amène bientôt sur la ligne avancée. Deux ou trois phrases expliquent toujours mieux un ordre, une consigne, qu'un écrit quelconque. En France, on écrit trop.

Enfin, chacun sait que le chef peut venir à tout moment pour constater lui-même *de visu* l'exactitude de ses inférieurs.

Chaque officier trésorier est monté, ainsi que le sergent secrétaire qui lui est adjoint, en sorte que l'un et l'autre peuvent assurer plus rapidement le service des subsistances dont ils sont chargés.

Dans l'armée française, nos capitaines ont de grandes difficultés à exécuter leurs rondes, leurs reconnaissances et leurs visites d'avant-postes, car, comme nous le savons, ils sont forcés de fournir toutes ces courses à pied.

Le colonel ne peut transmettre ses ordres, à moins de distraire ses commandants ou adjudants-majors de la spécialité de leur service.

En outre, comment contrôler les opérations dans une manœuvre d'instruction ou en face de l'ennemi ?

Dans ces conditions, chacun cherche à économiser ses forces et son temps, et alors le chef de corps n'a plus à sa disposition que des moyens très-restreints pour communiquer ses ordres et assurer ses divers services.

De même dans tout l'ensemble hiérarchique.

Equipages. — En Prusse, chaque régiment traine à sa suite ses voitures d'équipages, qui servent à aller chercher les subsistances pour les apporter ensuite aux bivacs et cantonnements (outre le service de l'intendance).

D'où économie de temps et de fatigues pour les hommes; enfin, grand secours pour l'intendance, qui, souvent, ne peut évidemment faire l'impossible.

En France, les hommes vont presque toujours chercher au loin leurs subsistances.

Par contre, on veut avoir ses bagages derrière ses talons. Or, pour cela, il faudrait en avoir suffisamment, *au moins autant* que dans la dernière guerre, et les laisser à distance derrière soi pour pouvoir y recourir au besoin. Cela revient à-dire qu'on ne doit pas avoir de bagages, mais des magasins roulants qui nous suivent. C'est précisément ce que nous ne savons pas comprendre, nous voulons marcher comme la tortue avec notre maison sur notre dos; et, à force de vouloir alléger la maison, nous finirons par ne plus en avoir ni près ni loin, ce qui nous arrêtera tout à fait.

Surveillance. — Chaque bataillon prussien a un officier trésorier assimilé au lieutenant. Cet officier a la surveillance des voitures, des bagages et a mission d'assurer les vivres pris en dehors de ceux fournis par l'intendance; or, comme nous l'avons expliqué plus haut, il a le moyen de le faire rapidement.

En France, rien de cela; il dresse les bons.

Administration. — L'administration allemande assiste tous

les ans aux manœuvres d'automne, suit toutes les troupes, et a mission d'assurer les vivres partout où elles se trouvent. D'où école pour elle, car elle apprend à fournir les subsistances aux troupes au milieu des hasards de la guerre, des marches et contre-marches. Les changements journaliers de bivacs et de cantonnements auxquels sont soumis les corps et fractions de corps, lui présentent des difficultés à vaincre et l'occasion de pratiquer constamment.

En France, rien de cela ; l'intendance saute de suite du pied de paix au pied de guerre, et généralement sans avoir le temps matériel de se préparer. Alors elle est désorganisée ; tout le monde l'accuse, tandis que ce n'est pas sa faute, mais celle de notre incorrigible routine.

Vivres. — En Prusse, tous les vivres sont distribués *sur place*, dans chaque bivac ou cantonnement désigné ; les hommes n'ont donc plus que la corvée de l'eau à faire ; par suite ils ont, au retour de chaque manœuvre ou action, l'après-midi et la soirée libres, ce qui leur permet de bien se reposer jusqu'au lendemain.

Les avantages d'un tel système sont encore mieux appréciés en campagne ; car, en cas d'alerte, des 100 ou 150 hommes ne sont pas distraits des effectifs, ainsi que 2, 3 ou 4 officiers.

Enfin, les hommes n'attendent pas et n'ont pas envie d'aller voler pour assouvir leur faim.

En France, rien de cela ; dès l'arrivée des troupes au bivac, des corvées nombreuses vont souvent chercher au loin les subsistances.

D'où, surcroît de fatigues pour la troupe, ennuis et diminution importante des effectifs et des cadres en cas d'attaque. Excitation à la maraude, au désordre et à l'indiscipline par suite des murmures que provoquent ces corvées.

On a vu à Metz des bataillons ne pouvoir mettre 200 hommes sous les armes.

Administration des corps. — Chaque bataillon prussien s'administre séparément sous la direction d'une espèce de conseil d'administration appelé commission de caisse, composée du chef de bataillon, du capitaine plus ancien et de l'officier trésorier. Nous indiquerons plus loin la mission de ce lieutenant trésorier.

En France, on tend à augmenter le personnel des commissions formées en dehors des corps ; d'où il résulte naturellement une diminution de responsabilité pour chacun.

Comptabilité. — En Prusse, le lieutenant trésorier assume sur lui l'administration de son bataillon ; il ne reste donc plus, pour ainsi dire, que les situations journalières à établir dans les compagnies ; par suite, les capitaines, les sergents-majors et les fourriers surtout, sont débarrassés de tout le mécanisme administratif ; donc, chez les Allemands, l'unité tactique militaire est libre et réellement militante et combattante.

En France, les feuilles de journées et de décompte, les feuilles de prêt et ces mille détails administratifs s'emparent du temps des sergents-majors et fourriers, au point de les entraver dans l'accomplissement d'une grande partie de leurs devoirs militaires.

Aussi ne peuvent-ils apprendre et enseigner à leurs inférieurs (à moins d'avoir déjà cinq ou six années de service) : à voir sans être vu, à tuer sans être tué.

Et l'on se plaint que nous manquons de cadres de sous-officiers, quand, depuis juin 1871, nous aurions eu le temps de nous en constituer d'excellents, même avec les faibles ressources dont nous disposions. Qu'on ne s'étonne donc pas de voir les Prussiens fabriquer des soldats et des sous-officiers en trois ans.

(Ils ont, il est vrai, le service obligatoire qui les aide ; mais sans cette nouvelle loi, ils obtiendraient encore des résultats supérieurs aux nôtres, par leur mode pratique d'enseignement et d'instruction militaire et primaire.)

Santé. — En Prusse, chaque compagnie a des brancardiers, ce qui évite cette dispersion contagieuse qui se présente au milieu de chaque combat, sous prétexte d'enlever un camarade blessé. Evacuation rapide des blessés sur les divers échelons d'ambulance établis logiquement dans les corps, divisions, corps d'armée, pour débarrasser les combattants des non-valeurs.

Ces hommes suivent avec leurs brancards derrière la réserve principale ou le gros.

En France, 4, 6, 8 hommes se présentent pour le transport d'un blessé. D'où, occasion fournie aux *carotteurs* de se *défiler* pour ne plus revenir ; par suite, diminution de combattants et de *feux ;* désordre dans les rangs par ce va-et-vient de porteurs, en supposant qu'ils aient la conscience de revenir au combat.

Habillement. — En Prusse, toute l'infanterie a un costume sombre et possède une capote uniforme, qui fait qu'à 1,500 mètres, on a beaucoup de peine à distinguer une troupe, pour peu qu'elle suive la lisière d'un bois sur lequel sa teinte se confond.

Les officiers, quoique porteurs de marques très-apparentes, ont un costume simple et peu voyant. Ils ont une épée très-commode, dont le port n'est pas bruyant.

Les hommes ont la botte avec une ferrure au talon, dont le choc sur le pavé ou l'empierrement des routes produit un son cadencé qui les force à marcher au pas.

Les Prussiens n'ont pour tout campement qu'une petite gamelle-marmite de la contenance de deux litres, qui leur sert à la fois de grande marmite, de grand bidon, de quart et de gamelle. On n'entend donc pas ce bruit de ferblanterie particulier à tout corps français en marche.

Les officiers français ont un costume coûteux et salissant. Les marques distinctives sont encore éclatantes, et tout cela est tellement voyant, que c'est une des causes qui les invite à désobéir constamment à un ordre précis et à se mettre en bourgeois, ce qui n'arriverait pas si leur uniforme était plus commode et plus sévère.

Le sabre est lourd, il n'est pas en main et produit une résonnance au moindre contact. Les hommes ont des guêtres difficiles à mettre et gênantes à lacer au moment d'une prise d'armes inopinée. Après plusieurs marches sous la pluie, elles blessent les hommes.

Nos soldats portent avec eux une véritable batterie de cuisine, comme campement.

Outils. — En place de la tente-abri, les Prussiens portent des pelles, pioches, etc., etc. Tous possèdent de bonnes flanelles, des serviettes et des bottes de rechange. En un mot, ils portent pour une campagne européenne *l'utile*.

Les Français sont, au départ, chargés outre mesure, d'où il leur vient envie, peu de temps après, de se débarrasser de bien des objets.

En Europe ils font leurs étapes comme s'ils étaient appelés à se rendre de Constantine à Laghouat, c'est-à-dire à traverser un désert.

Munitions. — Chaque régiment prussien avait, pendant les manœuvres d'automne, ses munitions derrière lui. Ainsi un colonel ou un général commandant un détachement (infanterie, cavalerie, artillerie) a une portion de colonne de munitions à sa disposition. Est-il privé d'artillerie, néanmoins il a ses caissons de munitions près de lui.

2

L'un et l'autre n'ont donc pas besoin de recourir à un intermédiaire ou d'écrire une demande et de provoquer des ordres.

Les bataillons ont directement sous la main de quoi remplacer leurs munitions épuisées.

Chez nous il faut souvent, au milieu d'un combat, remplir certaines formalités pour avoir de nouvelles munitions, et parfois on a du mal à en trouver parce que les caissons ont changé de place soit d'après des ordres divisionnaires, soit sur des avis émanant de l'artillerie.

Tactique. — En Prusse, étude permanente de la tactique, à l'effet d'améliorer ses principes suivant les progrès des armes à feu. On pose les règles de la tactique avant de rédiger des théories.

Les Prussiens cherchent constamment, par toute espèce de moyens, à modifier leur système d'attaquer, — encore en septembre 1872, — afin de diminuer l'effet destructeur des armes à tir rapide et de conserver la confiance parmi leurs soldats.

Il y a à peine deux ans que l'on traitait encore, en France, d'ambitieux ceux qui travaillaient. « Ils ne rêvent, disait-on, qu'à remuer les masses de troupes, à faire de la stratégie, à faire parler d'eux, etc., etc. »

Par la vie menée de garnison en garnison, de restaurant en restaurant, de café en café, l'officier était devenu un oiseau de passage qu'on cherchait à éviter la plupart du temps. Sa famille était le café et la pension borgne de la localité, où les artilleurs avaient bien soin de se séparer des fantassins, et les fantassins des cavaliers.

Mess. — Constitution de la grande famille militaire prussienne par la création de casinos et bibliothèques qui encouragent les officiers à vivre entre eux et à causer plus souvent des choses du métier. Ils ont ainsi un rendez-vous commun où ils trouvent des ressources intellectuelles que leur bourse ne peut acheter. Quand ils changent de garnison, les officiers savent, dès leur arrivée à leur nouvelle résidence, où aller, car ils ont leur maison prête.

D'où travail facile, écarts moins fréquents et plus grand respect de soi-même; par suite, connaissance plus intime entre les officiers des différentes armes et appréciation plus exacte des subalternes par leurs supérieurs.

Enfin chaque arme parvient à inoculer dans les veines de ses voisines quelques brins de ses principes tactique et de son organisation militaire.

En un mot, cohésion entre toutes les unités de l'armée nationale, qui s'unifie par l'influence de ce contact journalier.

En France, notre vie de garnison produisait les faits suivants : beaucoup de supérieurs connaissaient à peine leurs inférieurs; souvent ils ne pouvaient dire leurs noms; à plus forte raison, il étaient dans l'impossibilité d'apprécier leurs défauts et leurs qualités.

De là des choix fabuleux et sans connaissance de cause. Le travail, d'un autre côté, coûte trop cher par les achats dispendieux de livres, cartes, etc., etc.

Quelquefois on disait aux officiers qui travaillaient quand même : « Mais, Monsieur, vous feriez mieux d'appliquer strictement les prescriptions de votre service intérieur, qui vous enjoint de rester à la caserne depuis le réveil de la troupe jusqu'à son coucher. »

Enfin les armes ne fusionnent pas entre elles et, par suite, ne se connaissent pas.

Quant à l'étude de la tactique, on n'en parle pas. Beaucoup d'officiers travaillent, écrivent et font leur possible pour extraire quelque chose de leur labeur; mais jusqu'à présent leurs efforts ont été vains : en attendant mieux, nous avons la valeur française, évidemment incontestable, pour parer à une éventualité quelconque.

Service intérieur. — En Prusse, le service intérieur proprement dit est sacrifié en beaucoup de points au service en campagne, dont l'application rigoureuse est l'objectif principal.

Aussi les officiers subalternes ne sont-ils pas continuellement à la caserne, à aiguillonner leurs cadres de sous-officiers; par suite, l'autorité de ces derniers n'en est que plus grande.

En France, le service intérieur prime tout; c'est, il est vrai, l'antipode de la guerre, mais cela ne fait rien, il passe néanmoins *avant tout.*

Le subalterne vit littéralement à la caserne, y passe ses journées à user ses galons et à tracasser ses cadres.

Aussi, depuis dix ans surtout, l'autorité des sous-officiers est à peu près nulle. (Toutes les belles armées n'ont pourtant dû leurs succès qu'à une éducation et une instruction guerrières complètes, faites au point de vue de la campagne; entre mille exemples frappants citons seulement les armées de Boulogne [1804], l'armée de Crimée, les troupes de Sathonay, etc., etc.)

Instruction. — Les officiers prussiens dont l'avenir est borné, ne sont pas astreints à étudier toutes les sciences inhérentes à une carrière brillante; pourvu qu'ils possèdent à fond la partie militaire qui leur est rendue facile à apprendre par une condensation raisonnée des théories et une pratique constante, on ne leur fait pas un reproche d'ignorer la fortification permanente, l'histoire ancienne, etc., etc. En outre, les portes des carrières civiles leur sont ouvertes après un certain nombre d'années de service. Au contraire, plus vous fouillez dans les grades élevés, plus vous trouvez d'instruction, de travail et de pratique de l'art de la guerre, plus vous rencontrez d'officiers ayant fait des stages dans les trois armes et susceptibles de mener au combat une troupe quelconque.

En France, depuis qu'il est question de réorganisation, il faut que tous les officiers connaissent, et de *suite* : la topographie, la fortification, les diverses histoires anciennes, modernes, etc., les ruses multiples de la guerre, les soixante-dix et quelques mouvements de notre école de régiment, etc., etc., et les six volumes qui contiennent nos autres règlements ; c'est-à-dire qu'il leur faut être à hauteur des intelligences brillantes qui ont travaillé pendant quinze, vingt, vingt-cinq ans pour connaître à peu près ces différentes matières.

Or, ces exigences doivent nous amener à ceci : c'est que des mauvaises notes seront évidemment données aux officiers qui n'auront pas dans leur cervelle ce bagage d'instruction générale, et beaucoup d'entre eux seront bientôt dégoûtés, au détriment des bons services qu'ils rendront et qu'ils seront appelés à rendre par leur expérience et leur amour du devoir.

Et pourtant, quelle que soit la réorganisation de nos armées, cette catégorie d'officiers, dont tout le travail durant la carrière est l'accomplissement exact et passif des devoirs militaires, *devra toujours exister*.

Ainsi, en France, le subalterne doit tout savoir ; il doit même connaître à fond la tactique qu'il n'a jamais pratiquée, et qui, à coup sûr, ne lui a jamais été enseignée.

En résumé, pas de graduation.

Par contre, on rencontrait il y a quelques années des officiers d'un grade élevé, qui depuis quinze ans n'avaient pas vu une troupe sous les armes, et n'avaient pas commandé une fois : bataillon ou bataillons par le flanc droit.

Et ils ont pu être appelés comme les autres à donner des ordres en face de l'ennemi. Il semblait alors ressortir de là que plus le grade était élevé, moins le travail devait être grand, et que, sauf quelques ordres de détails, les journées pouvaient s'écouler sans toucher à quoi que ce soit du métier (1).

Avancement. — En Prusse, le choix a des limites, et, si l'instruction est favorisée, vous ne rencontrez pas de ces choix si critiquables chez nous. En temps de paix, le respect de l'ancienneté est presque absolu parmi ceux qui ont satisfait aux conditions des examens exigés pour passer au grade supérieur.

D'où encouragement au travail et confiance dans la carrière.

En France, la majorité des opinions est en faveur de l'instruction qui doit tout avoir; mais l'ambition des officiers est démesurée; on songe plutôt à avancer qu'à étudier, qu'à valoir quelque chose, qu'à se contenter d'une position honorable et modeste en l'occupant dignement.

En Prusse, beaucoup de colonels et de généraux ont été professeurs ou répétiteurs dans les écoles et ont appliqué des centaines de fois les principes théoriques qu'ils enseignent à leurs inférieurs. Presque tous ont fait des stages dans les trois armes et ont rempli les fonctions importantes de l'état-major, comme capitaine ou comme commandant ou lieutenant-colonel, etc., etc. Ce sont donc véritablement des officiers supérieurs qui ont le savoir et l'expérience donnés par vingt années d'étude et d'applications logiques. Leurs talents même ont été appréciés depuis longtemps dans les combi-

(1) Cette situation est naturellement celle existant au moment de la guerre; elle se représentera si certains changements ne sont pas apportés dans l'ordre actuel des choses.　　　　(*N. de la R.*)

naisons de ces manœuvres d'automne sur lesquelles nous ne cesserons d'appeler l'attention de tous.

En France, des officiers très-instruits et susceptibles de remplir brillamment de hautes fonctions sont amenés fatalement à perdre une partie de leur instruction et à ignorer la pratique de la guerre parce que :

1° Il ne leur est pas donné de pouvoir appliquer et enseigner les principes tactiques des trois armes ;

2° Ils ne sont pas assez souvent en contact avec leurs propres troupes et les armes auxquelles ils n'appartiennent pas ;

3° La situation de professeur dans une école est généralement considérée comme une impasse.

Alors pas de suite dans les travaux, pas d'entraînement et résultats forcément inférieurs une fois en présence d'un ennemi opiniâtre et énergique.

Camps permanents. — Les camps permanents n'existent pas en Prusse ; tous les ans, deux ou trois camps sont installés pour quelques mois. Malgré cela, toute l'année les Allemands pratiquent la guerre.

En France, l'installation permanente de nos camps présente certains avantages, il est vrai, mais en hiver, il faut l'avouer, les hommes peuvent à peine sortir des baraques et être exercés aux manœuvres de détail, à moins que de nouvelles prescriptions enjoignent de profiter des facilités procurées par ces sortes de rassemblement de troupes pour mettre en pratique le service en campagne et les premiers éléments tactiques.

En outre, et nous croyons que c'est l'avis général, ce contact constant de tous les grades avec les soldats est plutôt nuisible qu'utile pour la discipline ; car les hommes voient continuellement leurs supérieurs dans les plus petits détails de leur vie privée (qui n'est pas toujours très-édifiante).

Détails. — En Prusse, les non-valeurs n'existent pas parmi les officiers et dans les services administratifs ; tout le monde est forcé de rester outillé et d'être prêt à entrer en campagne. L'institution des manœuvres d'automne maintient rigoureusement ce *statu quo*, car tous sont tenus d'y assister.

Les officiers supérieurs, colonels et généraux y commandent chaque année, et sont par conséquent appréciés. Il s'ensuit que vous ne voyez pas dans l'armée prussienne des officiers rester dix, douze, quinze ans sans avoir assisté à une prise d'armes et profiter quand même d'un avancement rapide.

En France, du 1er janvier au 31 décembre de chaque année, nous restons dans nos casernes, ou nous allons sur les places publiques exécuter les manœuvres prescrites par nos règlements.

Quelquefois nous quittons la ville pour suivre les grandes routes, ou, à certaines époques de l'année, des régiments se transportent de Dunkerque à Marseille, de Bayonne à Soissons, changements qui nécessitent de grosses dépenses et qui ne produisent souvent que du relâchement dans l'esprit militaire des corps.

Ne peut-on pas, outre l'institution des manœuvres d'automne (septembre), sortir six, huit, dix fois des garnisons pendant la période d'instruction, pour habituer les corps et fractions de corps à bivaquer, cantonner, se rassembler ?

Vous établissez de cette façon un échelon intermédiaire destiné à préparer logiquement les troupes aux manœuvres de fin d'année.

Des prescriptions *ad hoc* règlent, en Prusse, le nombre des jours d'absence, les droits de chacun et la manière d'envoyer les ordres de déplacement.

Cette innovation, en France, ne peut créer de grosses charges pour les habitants en ne faisant séjourner les troupes qu'un jour ou deux dans les localités.

En Prusse, quand une amélioration tactique ou un changement doit être apporté, quand un détail de costume ou de discipline doit être introduit, les corps donnent leur avis ; puis leurs rapports sont discutés et ensuite élaborés par diverses commissions (1).

Les détails théoriques sont surtout étudiés et approfondis avec soin.

Quand il y a lieu d'opérer un changement, l'arme intéressée a la faculté d'instituer des commissions dont les rapports guident les commissions du grand état-major.

Pour mieux préciser, ce sont des gens pratiques qui sont appelés à donner leur avis et leur opinion sur tout ce qui est à créer ou à modifier, comme on l'a fait en France pour rédiger les magnifiques règlements de 1833.

En France, hormis les rares officiers qui depuis dix, douze, quinze ans travaillaient avec une religieuse ardeur pour le progrès de leur arme, beaucoup d'autres décidaient des changements à introduire ou des améliorations à apporter ; et, la plupart du temps, le rapport le plus élégamment écrit l'emporte sur les autres (2).

Aussi, qu'avons-nous vu autrefois ? des changements à vue de costume, une grande indécision sur la tactique à adopter, l'impossibilité d'établir alors les bases de nos nouvelles théories depuis 1866. Heureusement qu'au moment de recevoir les classes du service obligatoire, de sages mesures sont venues modifier cet état de choses.

En Prusse, les régiments ont non-seulement leurs cadres d'officiers au complet dès l'entrée en campagne, mais ils ont encore cet immense avantage sur les nôtres, c'est de ne pas

(1) On sait que cette méthode vient d'être introduite en France.
(2) Assertion non justifiée.

avoir pendant huit, dix, douze années consécutives des officiers détachés.

Les officiers en mission ou absents de leur corps et de leur arme, ne sont distraits de leur service qu'à tour de rôle (parmi ceux désignés par le choix) et pendant un laps de temps relativement court.

En tous cas, ces officiers rejoignent *toujours* leur corps et sont astreints à rapporter un surcroît d'instruction et d'expérience acquis pendant l'accomplissement de leur mission.

En France, une foule d'officiers étaient distraits presque indéfiniment de leurs devoirs militaires pour être détachés ; certains étaient appelés à remplir des missions importantes, à étudier l'organisation militaire de nos voisins, l'art de la guerre dans les armées étrangères; d'autres avaient même parfois cette immense responsabilité de préparer l'arrivée d'une armée.

Alors on avait le début du Mexique, ou cette nouvelle surprenante, envoyée à certains corps d'armée :

« L'unité tactique est changée en Prusse ; le bataillon disparaît, etc. »

Pourquoi ?

Parce que ces officiers, absents de leurs corps depuis longtemps, n'avaient plus de rapports avec aucune espèce de troupe; ils n'étaient plus au courant des moindres détails pratiques militaires et administratifs et se rappelaient à peine que nos soldats doivent manger la soupe deux fois par jour.

Après un certain nombre d'années de service, les officiers et les sous-officiers prussiens ont la faculté de pouvoir entrer dans les carrières civiles, où ils apportent des sentiments militaires. Ils fournissent alors des ressources énormes à l'État, qui, en moment opportun, peut s'en servir pour la direction de toutes les branches qui se rattachent à l'arbre de la machine militaire (1).

D'où il est facile de définir l'étymologie des mots : nation armée ; car, depuis les chefs de l'État jusqu'aux paysans, employés des postes, des télégraphes, etc., etc., tous sont animés des mêmes sentiments.

En France, des officiers et beaucoup de sous-officiers rentrent dans la vie civile avec la perspective de recommencer trop tard une nouvelle carrière.

De là une antipathie pour cette grande famille militaire dans laquelle ils sont restés cinq, six, dix, douze ans sans avoir reçu peut-être beaucoup d'encouragements ; de là, dégoût pour cette vie sociale où ils ne rencontrent que des obstacles.

Telle est la position précaire de beaucoup de jeunes gens, — et on veut qu'ils soient fanatiques du métier !

Batteries, sonneries. — Dans l'armée prussienne d'occupation, on a pu constater que les rassemblements de certains détachements (infanterie, cavalerie, artillerie) se faisaient sans le secours des batteries ou sonneries.

Et ces troupes étaient baraquées ou cantonnées.

Chez nous, les batteries et sonneries ne cessent de se faire entendre dans les casernes, dans les cantonnements, les camps (même en face de l'ennemi, il nous a été donné de les entendre).

Tout plaide en faveur de leur suppression ou engage tout au moins à en limiter sagement l'emploi ; mais... !

CONCLUSION

Notre intention n'a pas été de démontrer les perfections militaires de nos voisins, loin de là ; car, les Allemands le

(1) Des dispositions analogues ont été récemment prises. (*N. de la R.*)

savent bien, ils ont encore beaucoup à faire; mais nous sommes forcés de nous rendre à cette évidence : c'est que cette armée, dont les annales militaires sont si riches en victoires depuis dix ans, est l'armée de l'Europe qui travaille le plus.

Tous les éléments qui la composent n'ont qu'un but : s'améliorer pour atteindre le plus possible la perfection dans l'art de la guerre.

Ce spectacle révèle vraiment un peuple sage et fort.

Nous avons préféré, au contraire, faire ressortir nos défauts, parce que nous pouvons y remédier facilement avec notre activité, notre intelligence et notre caractère naturellement guerrier.

Mais jusqu'à présent, nous semblons attendre que le ciel nous envoie des réformes, comme il faisait jadis tomber la manne.

Et pourtant quel entrain, quelle bonne volonté de bien faire n'y a-t-il pas dans tous les corps et dans presque tous les grades.

La masse demande à aborder résolûment les réformes nécessaires à notre nouvelle organisation, car chacun est jaloux de refaire plus tard la gloire et l'indépendance du pays.

Pour atteindre ce but, il faut, comme les Prussiens, faire en temps de paix la guerre tous les jours.

CH. TANERA, ÉDITEUR

LIBRAIRIE POUR L'ART MILITAIRE ET LES SCIENCES

RUE DE SAVOIE, 6, A PARIS

EXTRAIT DU CATALOGUE

SCHMIDT. — Le développement des armes à feu et autres engins de guerre, depuis l'invention de la poudre à tirer jusqu'aux temps modernes. 1 vol. in-8°, avec 107 planches. . . 10 fr.

SCHOTT. — Des forts détachés, traduit de l'allemand par Bacharach. Br. in-8° avec planche . . . . 2 fr.

SCHULTZE. — La nouvelle poudre à canon, dite poudre Schultze, et ses avantages sur la poudre à canon ordinaire et autres produits analogues. Traduit de l'allemand par W. Reymond. Brochure in-8°. . . . . 2 fr.

TACKELS. — Étude sur le pistolet, au point de vue de l'armement des officiers. Br. in-8° avec figures . . . . 1 fr. 50

TACKELS. — Conférences sur le tir, et projets divers relatifs au nouvel armement. 1 vol. in-8° avec planches . . . 5 fr.

TACKELS. — Étude sur les armes à feu portatives, les projectiles et les armes se chargeant par la culasse. 1 vol. in-8° avec pl. 6 fr.

TACKELS. — Les fusils Chassepot et Albini, adoptés respectivement en France et en Belgique. Br. in-8° avec planches. 2 fr.

TACKELS. — Armes de guerre; Étude pratique sur les armes se chargeant par la culasse; les mitrailleuses et leurs munitions; le canon Montigny-Eberhaerd; le fusil Montigny; les fusils Charrin, Remington, Jenks, Cochran, Howard, Peabody, Dreyse, Chassepot, Snider, Terssen, Albini; les cartouches périphériques, etc., etc. 1 vol. in-8° avec planches. . . . . . 8 fr.

TACKELS. — La carabine Tackels-Gerard, nouveau système de culasse mobile, dite à bloc, à percussion centrale pour armes de guerre. Br. in-8° . . . . 50 c.

TACKELS. — Le nouvel armement de la cavalerie depuis l'adoption de l'arme se chargeant par la culasse. 1 vol. in-8°, avec planches. . . . . 5 fr.

UNGER. — Histoire critique des exploits et vicissitudes de la cavalerie pendant les guerres de la Révolution et de l'Empire jusqu'à l'armistice du 4 juin 1813, d'après l'allemand. 2 volumes in-8° . . . . 12 fr.

VANDEVELDE. — La tactique appliquée au terrain. 1 vol. in-8° avec atlas . . . . 7 fr. 50

VANDEVELDE. — Manuel de reconnaissances, d'art et de sciences militaires, ou Aide-mémoire pour servir à l'officier en campagne. 1 vol. in-18 avec planches . . . . 5 fr.

VANDEVELDE. — Précis historique et critique de la campagne d'Italie en 1859. 1 vol. in-8° avec cartes et plans. . . 12 fr.

VANDEVELDE. — La guerre de 1866 en Allemagne et en Italie. 1 vol. in-8° avec cartes . . . . 6 fr.

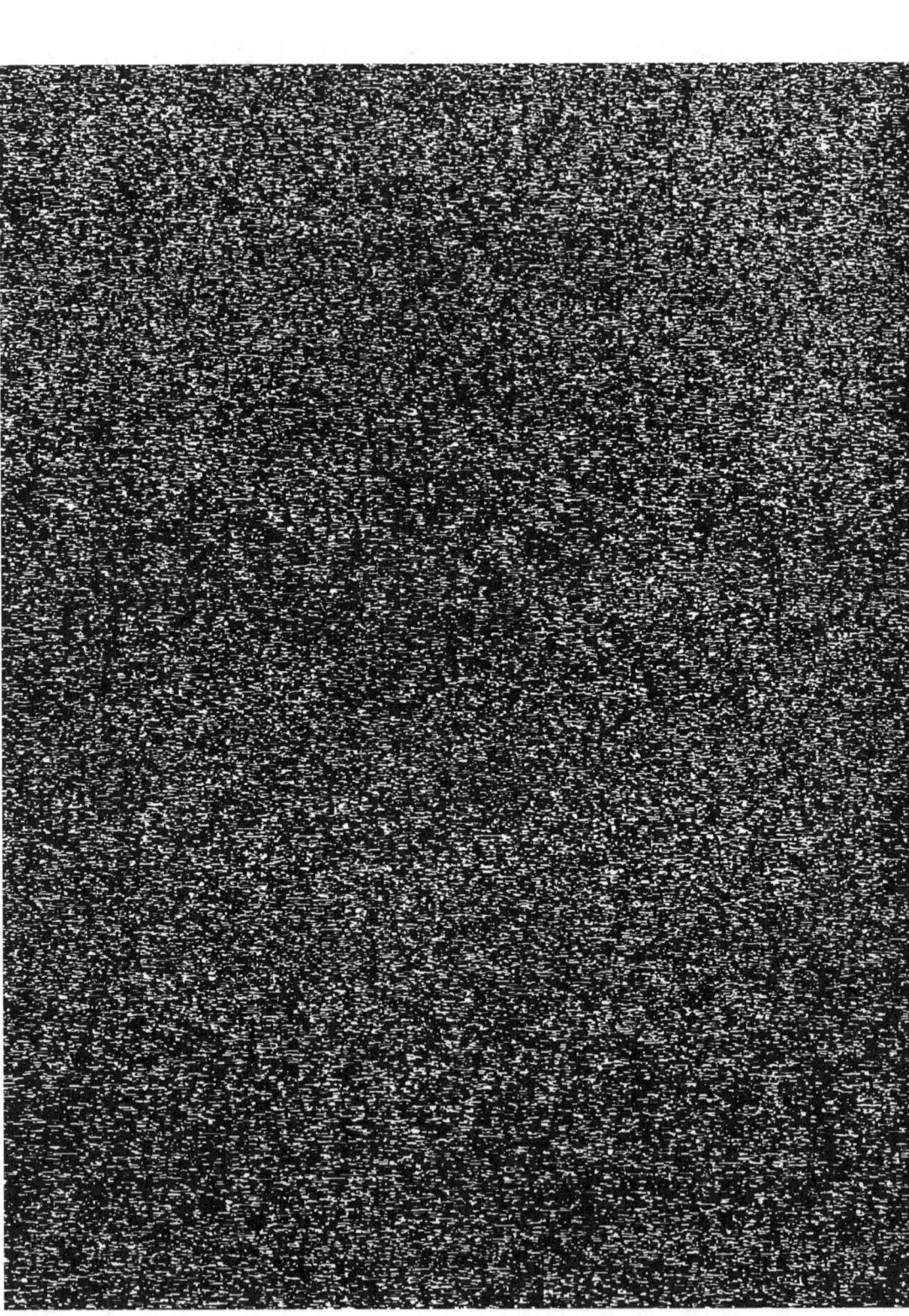

www.ingramcontent.com/pod-product-compliance
Lightning Source LLC
Chambersburg PA
CBHW060845180626

46818CB00004B/1600